JN184073

句集

獺の祭《おそのまつり》

三苫知夫

文學の森

序

三苫知夫さんを思うと、即「重厚・篤実」という言葉が浮かぶ。それらに加えて「軽妙・柔軟」という語も又、同時に重なってくる。

昭和八年福岡県津屋崎町の生まれ、八幡製鐵所へ入社。昭和三十年「自鳴鐘」入会、横山白虹の下、同じ職場の益田清等と共にひたむきに俳句に取り組む二十代を送った。この頃の三苫青年のエネルギーに満ちた姿を、少女時代の私ははっきりと覚えている。後、句作を一時中断。昭和四十四年千葉県の君津製鐵所へ転勤。同時期に転勤した益田清との交流が復活、「きみさらず」俳句会創立に加わり、「自鳴鐘」に復帰した。

鋼管工場の生産管理業務から組織人事部へという職歴。寡黙に且つ丁寧に人材を育て、支えて来られた姿が推察される。生来の資質の上に社会で培うこと。職務への姿と俳句へ向かう姿がひたと重なる。
それは、「俳句」の場に於いての知夫さんの気遣いや働きぶりに何時も感じ取ることであり、後に千葉県現代俳句協会会長の責を担った折も、それまで以上にその力を発揮された。

知夫さんは平成五年、先師横山房子の「序句」、益田清の「序」を得て、第一句集『千五百』を「きみさらず叢書」第一輯として出版。第二の故郷となった木更津の霊地、日本寺千五百羅漢に因んでの句集題であった。

雪の夜の髪の尖にて聴く潮騒
雪暗し壁にルオーの馬つなぐ
山をいつも同じ側より見て悴む

等、三十年代の思索とエネルギーに充ちた作品から始まり、

骨太く生きて高炉と夕焼くる
夕焼けの芯より戻る高炉守
定年来る肋も高炉も夕焼けて

を巻末に置く。

それから二十年後、この第二句集のご相談を受けながら、更に年を重ねた。これは偏に私の体調と怱忙に因る。但し、その間句稿に何度も目を通し、句集題、章名にも意見を言わせて戴いた。我慢強く待ち続けて下さった知夫さんに、「自鳴鐘」復刊八百号記念刊行の約を果たせるであろう。

第一句集から第二句集の間に流れた歳月の中で、何より大きいことは夫人の逝去である。
『千五百』の中に

妻にもある戦後黒豆やわらかし

と詠まれた夫人は、住み慣れた九州の地から関東への転勤に従い、後顧の憂いなきよう家を守り、子供を育ててしてくれたかけがえの無き人である。

この句集にも

馬鈴薯の花咲き妻の誕生日

十三夜迎えの妻を助手席に

等、子供を巣立たせた後のなごやかな二人での日々が刻まれている。

そして不意にと言ってよい程に、次の一句と出会う。

遺品の靴獺の祭のごと並ぶ

この一句を毎月の「自鳴鐘」投句に見出した時の粛然たる思いは、今も鮮明である。それまでお辛さには口を閉ざしておられた。案じつつも、それは知夫さんの美学でもあろうかと、こちらも触れぬようにしてきた。

誰の遺品とも書いてはいない。しかし三苦知夫の一句として読む時、ひとり居となった玄関に、妻がよく履いていた靴、外出に履いていた靴、祝い事の時に履いていた靴、未だ箱に入ったままであった靴……が、思い出と共に鮮やかな存在感を伴って半円を成す。「獺の祭のごと並ぶ」その中心に佇む遺された者の思い。

知夫さんにお電話をして「お願いがあるの。句集題は『獺の祭』として下さい」と申し上げた。第二句集は奥様へ供える知夫さんの現況報告でもある、という思いからである。

声出してひとりと気付く蛍の夜

時ぐすり効く気配なし茗荷の子

婚記念日やほうたるが肩に乗る

「遺品の靴」以後、このような哀切な句をふわと書かれるようになった。深い寂しさから、共に居るとの思いへの移行でもあろうか。

二十歳はるか枯野に加熱のオートバイ

川岸に火縄のごとくオートバイ

オートバイ聚散野火に陽のにおい

という句がある。このオートバイは何かを伝えようとする。多分、知夫さんの核の部分。長男という責務を担いつつも、第二の故郷に骨を埋める覚悟をしたことによる故郷への憶い。それは其処からの脱出を夢想した青春期を鮮やかに思い起こさせるのか。

そしてもう一つの核として「高炉」が存在する。働き盛りの折に構えた自宅は、製鉄所の高炉を遠望する丘陵地であると聞く。日々見守る「高炉」。

炉頂に虹久々鉄鋼株騰がる
吹雪く高炉千五百度の銑抱きて
大干潟に親指ほどの溶鉱炉
出銑はじまる快晴の亥年明け
灯の高炉二基星合の空焦がす
高炉わが墓標のごとし夕枯野

霧の中海へ押し出す高炉の火

去年今年つなぎ鉄生む溶鉱炉

「銑」というのは「銑鉄」。高炉で生産される粗製の鉄のことで、「出銑」とは更に精錬された溶融状況の銑鉄が取り出されることである。八幡製鐵所で出銑の現場を見学する機会があったが、マグマ溜りを眼前にする思いであった。血を滾らせる原始的な感動とでも言えようか。

これらの句は、「製鉄」という場に関わった者の思い、「高炉守」としての深い思いを伝えてくる。

三苫知夫という作家の重厚・篤実・軽妙・柔軟の一端にしか触れ得なかったことを謝し、その特性の相俟っての作品展開と御健勝を願っている。

平成二十七年　雨水の日に

寺井谷子

句集　獺の祭／目次

装丁　井筒事務所

句集

獺の祭

――おそのまつり――

オートバイ

玉椿咲きぎくしゃくと定年来る

永き日の鏡に選ぶハンチング

電柱に蟬の抜けがら終戦忌

秋潮に漬かりて紅き帆を起こす

青北風に礫像となり帆を操る

十二月八日売り出しの気球浮き

十二月八日鋲なき靴ならぶ
モノクロの兵士が過る花の陰

連翹や錆びる他なき肥後守
ノータイの首のさびしさ穴惑

耐えるほかなくて冬木の力瘤

二十歳はるか枯野に加熱のオートバイ

風邪癒えず鋼断つ音引き摺る音

吹雪く高炉千五百度の銑抱きて

出銑はじまる快晴の亥年明け

大干潟に親指ほどの溶鉱炉

川岸に火縄のごとくオートバイ

春満月わが家肝臓愛護デイ

蜘蛛ひかる羅漢街道切り通し

観音の天衣吹かるる青田風

そら耳の母のよぶ声夕端居

樋橋に絶えぬ水音酔芙蓉

橋多き町に秋雨山車囃子

赤いセーター着てゆく駅前楽器店

指定席ばかり囀りの中のベンチ
野火奔り出す消防車侍らせて

おぼろ夜のけものが通る裏鬼門

馬鈴薯の花咲き妻の誕生日

梅雨晴れや終の職場の指差呼称

慈母観音裏に風道つくつくし

定年以降腰まで草の実をつけて

椎は実に義賊の墓石細りゆく

惜しまれて悪役が逝く近松忌

力出し切って時雨るるタグボート

立春の羽化がはじまるショーケース
一丁目二丁目柳なき銀座

大壺にカラー混声合唱団
蝕甚や動乱のごとへリコプター

二時間だけのローマの休日花アカシア

プラタナス若葉テヴェレの水豊か

夏草や羅漢に著き首の傷

梅雨滂沱首無し羅漢固まりて

缶の緑茶一献汗かき羅漢さま

泣き羅漢忿りの羅漢梅雨滂沱

流燈の沖へ点滅する高炉
まだ戦うためのネクタイ選る八月

長き夜の妻に越さるる推理の先

農継がぬ男のピアス吾亦紅

十三夜迎えの妻を助手席に
海溝に眠る昭和史鳥渡る

鳥になりたい負け癖の木の実独楽

野仏に騒乱の傷藪柑子

衆議まだ酒にはならず隙間風

壺中の天

晩年は女が主役藪こうじ

低く明るき機影朧の海ほたる

もう山を越えた春夜の体温計

悼　太田安定氏

長身の眼鏡の奥に澄む銀河

捨てきれぬ職場の手帳紫蘇は実に
擬装車の哀しき軍歌赤とんぼ

繋留解く台風一過の物干台

野分立つ翅のあるもの皆伏せて

拓本に闕画のなぞ鳥渡る

坊主頭に残る古傷木守柿

継ぎ接ぎて連れ添う絆根深汁
自分史に暗転いくつ雪蛍

木枯一号二号胃の壁荒れている

砂利船に争議のポスター冬鷗

杉花粉浴び目鼻なき道祖神

啓蟄の路地を出て来る仮免車

篆字典に魚鳥けもの地虫出づ
屋根裏に古き農機具えびすぐさ

アーケードに坐る若者夏来る

女みな勝気な家系立葵

帰省子の眠り通して着く終点

萩の墓ひとつは満州馬賊の果て

耕運機乗りつけて来る菊花展

柚子切ってすぐに始まる男の酒

脚立より高炉跨ぎて大根干す

喪の葉書だけ極月の郵便受

高炉わが墓標のごとし夕枯野

男起きて水音立つる初明り

震災忌来る寒暁のヘリコプター

委任状多き返信冴え返る

農継がぬ男混じりて野火太らす

壺中の天子雀がまた覗いている

消火器の期限切れいし目借時

リズムで飴切って夏来る門前町

姉いもと髪梳き合えり青あらし

桃膨らむいつもどこかに鴉の目

外孫にようやく男青ぶどう

荒梅雨や二日剃らねば髭白し

巴里祭妻の整髪液盗む

定年の目深にかぶる登山帽

母の忌や語尾下げて鳴く夕ひぐらし

自分史は墨継ぎばかり七夕月

屋上に鵙の化身の錆ボルト

秋時雨術後の病衣また汚す

残る虫落ちこぼれ虫退院す

老眼も義歯も身の内小鳥来る

レントゲン奥に木枯封印す
千枚田の枯一枚は駐車場

婚近き家具の出し入れ石蕗の花

雪霏々と胸の楽器がひとり鳴る

兵も馬も往きて戻らず寒暮の駅

動乱のごとき落日春田打つ

凧の勘気鎮めて糸を児に譲る

口髭の父まだ稚し西東忌

花菜の海捕鯨の砲座錆び始む

余生にまだ暗礁いくつ梨の花

流れ藻の人間臭し四月尽

句読点なき日々ヨットの沖見ている

砂浜に微かな余熱遠花火

愚直でいいいいと高音の夏鶯

油差すごとく晩酌冷奴

短足も音痴も父似遠稲妻

星飛ぶや一つは海外協力員

術後一年風船かずらの種を採る

偕老同穴日暮れて稲の匂い増す

月出でて人が恋しくなるポスト

歳旦の四海白波神馬翔ぶ

安房上総水でつながり蕗の薹

蛇行する潮目鮮やか菜の花忌

桜時腹を輪切りに撮られいる

両手で抱く楠の太幹卒業歌

灯台の影が伸び来る干し若布

会者定離春泥をまだ抜けきれず

天界へ見えぬ階遠げんげ

五月祭妻に一日従いて
父の日や握りの太き傘選ぶ

彷徨の過去炙り出す大夕焼

軍歌みな葬送の楽篭草

十薬や小さく祀る屋敷神

注射百本青水無月を生き急ぐ

七夕の客詰めて浮くエレベーター

腕立て伏せ八回後は赤とんぼ

理髪後の顔が優しくなる良夜

十六夜の屋上に車取りに行く

天地返しの土の輝き色鳥来

捨て案山子虜囚のごとく担がるる

刈田焼く風が謀叛の炎を煽る
くノ一が一人混じりて刈田焼く

リストラの案山子集まる道の駅
山がまた一つ削られ鹿威し

マスクして人の背越しに人覗く

星合

切り通し真っ正面より年明くる

蛸集するだけが防衛鴨眠る

鴨の陣過密新木場八丁堀

花観音春の光の真っ只中

図書館に一番乗りの花粉症

芹稚しまだ使われている水路

貝寄風の屋上に出て首ほぐす

逃げ水や貸しビルどれもがらんどう

日本橋から春風に乗ってみる

上向いて歩く薄暑のルイ・ヴィトン

術後の傷痒しトマトの腋芽摘む

ほうたるや地下に戦の種火炎ゆ

蓮剪って無明の闇に陽を零す

古希燦々不器用に鳩笛を吹く

紺スーツだけしか持たず曼珠沙華
威し銃陽のある内は田にありて

猫叱る声が筒抜け夕月夜

団地ごと老いて秋刀魚の目が赤し

七人の敵に混じりて河豚喰らう

十二月八日ボンネットに猫の跡

電車来て人置いてゆく枯蓮

間伐後人が恋しくなる冬木

待春の火が付き易き網の肉

癒えよ癒えよと待春の鶴を折る

三鬼忌も光太郎忌も酒を飲む

校庭の大きな桜父の忌来る

商店街がらんと白し鳥帰る

ねこやなぎ転勤一家まだ戻らず

蛙の中帰る蛙になりきって
特売の思案の外にいる風船

立ち泳ぐごとく夜勤へ出るおぼろ

鳩一羽ベンチ離れず啄木忌

炉頂に虹久々鉄鋼株騰がる

欄干より日傘もろとも覗き込む

肩甲骨がかゆくてならぬ蟇

百合抱いて八方美人になっている

腹を輪切りに撮られて夏を安堵する

太刀魚揚がるヤマトタケルの海穏やか

片付けし本また探す獺祭忌

遠き忌が木犀あたりから匂う

記憶なき錠剤無月のポケットに
一枚ごと凍てて千枚田が眠る

天翔る夢見て汚る檻の鷲
喪服着て建国記念日の鴉

母のため朧に掛ける縄梯子

崩れゆく白木蓮を目で追えり

この石段登れば満願青嵐
葉桜の影踏む人や古都の昼

母の手を離せば夏に攫われる
脳回路操る向日葵の視線

今宵母かささぎの橋渡りしか
置き忘れた小石のような終戦日

広場に柱立てて祭がやって来る

余所者が溢れ鬼太鼓の島暑し

蟹の足折れば潮の香おけさ節

蜩やロボットが説く島の悲史

活断層に不穏の動き柘榴爆ず

二百十日晴れスクランブル交差点

霧の中海へ押し出す高炉の火

遠くより顔くずし来る冬帽子

年の瀬の縄目を受ける古雑誌

朝刊は鋼の音す初茜

去年今年つなぎ鉄生む溶鉱炉
打楽器になるまで餅を干し上ぐる

孫ら十人丸餅も角餅も

軋りつつ回る地球儀菜の花忌

二ン月をがんじがらめにロシアの蟹

黄沙降る荷台に海老の目がぎっしり

霾るや征きて還らぬ兵の数

まだ還らぬ遺骨も八十路雁供養

夢にまだ仕事しており花水木

禁煙の口の淋しさ燕子花

星合の宙へシースルー・エレベーター

灯の高炉二基星合の空焦がす

老齢のとば口あたりオクラ咲く

悼　野中　亮氏

小鳥来る亮の形見のペン丹色

団塊の定年近し穴惑

赤い羽根免罪符のごと駅出づる

十二月玉砂利が尖って来る

十二月八日こだわりの酒開けて

十二月八日浴槽に膝抱きて

寒気吐く法堂天井雲竜図

枇杷咲いて口の寂しき老年期

大くさめして江戸風に風邪を引く

砂利船の繋留永し鳥帰る

雑木の芽轟々時実新子逝く

Ｄ51の帰路は牽かれて陽炎えり

十薬ややがて老々介護の日

顎ひげも大方白髪羽抜鶏

塞ぎ虫まだ出て行かず朝の鵙

総括するほどの過去なし鵙の贄

高炉二基玩具のごとし冬の薔薇

青春の書を捨てきれず冬に入る

大根のどこを切っても腹真白

明太子二つ空港の土産店

海紅豆

煩悩をためて胃重し薺粥

初夢というほども無し早忘る

まだ運気ありや追儺の豆を噛む

切札がある訳でなし懐手

激つ野火煙る遠野火寡黙の勢子

オートバイ聚散野火に陽のにおい

株安値踏みてもふみても野火広がる

漕艇の櫂上げて来る松の花

日光菩薩月光菩薩新樹光

麦秋の候手術後の腹痒し

肩車のかすかな記憶棕櫚の花

ネクタイは紺父の日のレストラン

滴りて渇きて千五百羅漢

蜘蛛の糸避けて羅漢の裏小径

首欠け羅漢三体緑陰に身潜めて

岩たばこ地獄のぞきへ磴二百

海紅豆高炉の沖より晴れて来る

異伝多き神代の頌詞くつわ虫

大道の笑いの果ての秋思かな

ジーパンもついでに洗う石蕗日和

春浅し上総にも降る浅間の火山灰

寒明けの音立てて缶踏み潰す

長寿眉ひたすら昭和耕して
泥中の談合なりて蛙鳴く

慈母観音視界まあるく田水張る

黒南風や小銭散らばる博徒の墓

巴里祭休肝忘れた振りをする
ミクロンまで鉄削りおり霧時雨

兜太が語る一茶を語る衣被

夜長し国のかたちがまだ見えず

残菊や香車の生き方貫いて
木枯や使う当てなき湯が滾る

冬の鵙霽れの白虹しか知らず

十二月自分の足につまずきて

建国日バケツ叩けばブリキの音

コピー紙で指切る不覚建国日

かげろうの奥より連敗の牝馬

ケータイの光芒交し卒業す

赤々と日本帝国徽の地図
蒸しパンは昭和の匂い母の日来る

石仏に毀釈の傷痕黒揚羽
ガントリー・クレーン横浜は霧の底

縦横に伸びる空港秋つばめ

トルソーの裸婦に秋思の雲の翳

傷心の一樹黄落ただならず

精米に来て猪罠の話など

くさめして明鏡止水とはいかず

橙を飾る晩年転ばぬよう

喜寿この先何年生きる初茜

横浜が近くに見える海苔日和

花種蒔き妻ありしごと独り言

鳥帰る渡る者なき跨線橋

七七忌過ぎたと一番蛙鳴く

遺品の靴獺の祭のごと並ぶ

ひと恋うや胸のほこらを青嵐

約束のごとく百合咲く百日忌

あるだけのシャツ洗い干す百合日和

時の日や停まったままに妻との刻

蛍生れし闇の重さに田水鳴る

声出してひとりと気付く蛍の夜

独り居の歳月早し雁渡る

黄泉路にも番地あるらし曼珠沙華

曼珠沙華冥し千古の津浪跡

老後傷つき易し秋刀魚の歯鋭し

独り居の皿をはみ出す秋刀魚の尾

独りで見る変哲もなき望の月

老いという軛逃れず月の酒

冬用意亡妻の抽斗そのままに

復興へ棚田千枚篝火焚く

篝三千柄杓傾け北斗星

枯野まで棚田祭の灯が伸びる

トタン屋根直す踏み音寒波来る

元朝や誰も見ていぬテレビ沸く

駅という巨き容れもの寒に入る

冴して邑の連帯どんど焼く
どんど爆ず一つは夜間飛行の灯

土塊は人の温もり根雪掻く

鎮魂の沖をいたわり若布干す

陸の声海の音混み大干潟

蛇穴を出て刺客への道選ぶ

蛇穴を出て誰からも愛されず

鶯が来ている妻の裁縫箱

産土はどんたく囃子夏暖簾

時ぐすり効く気配なし茗荷の子

喉仏ばかり蝕甚の首夏の街

婚記念日やほうたるが肩に乗る

屋敷神ずぶ濡れ十薬伸び放題

陰干しの大筆二本虎が雨

瓦礫るいるいひまわりを勦く描く

夏痩せて夢食傷の貘である

髭二日剃らず鯰の魚籠のぞく

月天心音なく踊る風の盆

三味弾きに経師屋加わり風の盆

有明を背に踊り行く風の盆

物探すこと多き日々寒星座

冬眠の妻宛に来る旅雑誌

風船が宇宙遊泳する車中

鎮魂の沖凪ぎ栄螺の蓋固し

蝶生るる慈母観音のたなごころ

蝶群れて上総に多き石仏

千社札羽化して蝶になるつもり

羽抜鶏居酒屋あれば立ち止まる

己励ますだけの晩節蟻の列

机のみ片付け子規忌の客通す

白息やこの四肢錆びさせてはならぬ

図鑑出たがる日本狼寒波来る

菜の花忌君が代歌うとき小声

扁平足に在す御仏沙羅の花

遠き忌のところどころに未草

墨磨ってだあれも居ない蟻の昼

墨飛ばして仕上ぐる大書鳳仙花

あとがき

第一句集『千五百』以来、二十年振りの句集上梓となった。

昭和三十年に「自鳴鐘」に入会した当時は、北九州の八幡製鐵（株）八幡製鐵所勤務だったので発行所に頻繁に出入りし、身近に横山白虹、房子両師の謦咳に接することが出来た。これが、延いては私が自鳴鐘人として生涯を通す由縁ともなった。

昭和四十四年、千葉県（君津製鐵所）に転勤してからは、職住ともに近くなった益田清（「自鳴鐘」元編集長）に兄事し、地元きみさらず地区と千葉県俳壇に深く関わることになった。

昭和五十五年五月、時の横山白虹現代俳句協会会長の声掛りで千葉県現代俳句協会発足。初代会長宮本由太加、三代会長を益田清が務め、「自鳴鐘」とは縁が深い。その中で、いわば事務局役に徹して来た私が、後に六代会長を拝命したというのも、亡師の導きによるものかもしれない。

時を同じくして千葉県俳句作家協会の役員も兼務することになった。向こう見ずにも両協会の大役を同時に担当して、一時体調を崩したりもしたが、お蔭で協会や結社を超えて素晴らしい指導者や俳人の方々に感化を受ける僥倖に恵まれた。

顧みると、「自鳴鐘」に入会して丁度六十年、休俳期間を除いても「自鳴鐘」歴五十年になる。何の功労とてないが、関東に住むお蔭で、晩年の白虹先生の房総の旅のお供が出来たり、現代俳句協会副会長として活躍される寺井谷子主宰と身近に接することが出来る果報に満足している。

本句集は「自鳴鐘」に発表した平成五年以降の作品から三五〇句を収めた。第一句集には横山房子先生から素晴らしい序句を、またこの度は寺井谷子主宰に、選句から目を通していただいた上、序文まで頂戴した。師恩身に余る。

句集名は四年前に鬼籍に入った妻須鶴子追悼句よりのものである。因みに「獺の祭」は七十二候の一で春の季語である。

本句集出版に際しては「文學の森」の皆様にいろいろとお世話を頂いた。最後に、俳縁を結ぶ皆様に心より厚く感謝の意を表します。

平成二十七年三月

三苫知夫

著者略歴

三苫知夫（みとま・ともお）　本名　三笘

昭和８年　福岡県福津市津屋崎に生る

昭和30年「自鳴鐘」入会、同33年同人。一時休俳の後、
昭和49年復帰。通して横山白虹、房子、寺井谷子師の
指導を受けて今日に至る

昭和47年からは「きみさらず」（益田清主宰）創刊に
参画、編集長

平成５年、第一句集『千五百』刊

平成15年から18年、現代俳句協会理事（千葉県選出）

平成19年、千葉県現代俳句協会会長

現　在　千葉県現代俳句協会顧問
　　　　千葉県俳句作家協会顧問

現住所　〒292-0825　千葉県木更津市畑沢２-４-13

句集　獺《おそ》の祭《まつり》

自鳴鐘叢書　第97輯
発　行　平成二十七年五月二十五日
著　者　三苫知夫
発行者　大山基利
発行所　株式会社　文學の森
〒一六九-〇〇七五
東京都新宿区高田馬場二-一-二　田島ビル八階
tel 03-5292-9188　fax 03-5292-9199
e-mail mori@bungak.com
ホームページ http://www.bungak.com
印刷・製本　竹田　登
©Tomoo Mitoma 2015, Printed in Japan
ISBN978-4-86438-407-0　C0092
落丁・乱丁本はお取替えいたします。